L'HYMNE DE L'ETERNITÉ

DE PIERRE DE RONSARD.

Commenté par NICOLAS RICHELET Parisien.

A Monseigneur

Monseigneur Messire NICOLAS de VERDVN, Cheualier, Conseiller du Roy en ses Conseils d'Estat & priué, premier Président en sa Cour de Parlement.

A PARIS,

Chez NICOLAS BVON, au mont S. Hilaire, à l'Enseigne S. Claude.

M. DC. XI.

MONSEIGNEVR MESSIRE

NICOLAS DE VERDVN,

Cheualier, Conseiller du Roy en ses Conseils d'Estat & priué, premier President en sa Cour de Parlement.

MONSEIGNEVR

Vn grand frontispice ne conuient pas à vn petit ouurage : quatre ou cinq fueilles de papier ne sont pas dignes d'vne grande offrande. Et c'est ce qui m'a fait doubter long temps, apres l'œuure fait, si ie deuois vous le presenter. Car en effet c'est trop, à la proportion & qualité de mon labeur, que vostre illustre nom y soit inscrit : Si ce n'est qu'estát vn nom d'eternelle vertu, la consecration de l'hymne de l'Eternité luy appartient. Outre que vostre esprit, plus grand encor que vostre grande dignité, vostre admirable humanité, integrité, vostre resolution aux actions du bié public, vous portent d'eux mesmes à l'Eternité. Et puis, les lettres que vous

aymez auec paſſion (voſtre éminent ſçauoir
en eſt teſmoin) peuuent elles auoir du deſſein,
que cè ne ſoit à vous, non pour vous eternizer,
mais pour s'eternizer en voſtre nom? De moy
ce que i'en ay fait, n'a eſté que pour m'acquiter
de mon debuoir en voſtre endroit, & pour vous
faire voir au temps des vacations, le diuertiſſe-
ment que ie me ſuis donné ſur vn auteur, que
i'eſtime vn petit moins ſçauant qu'Homere.
C'eſt vn miracle de voir ce qu'il ſçait, & qui eſ-
chappe à qui n'y a bon œil. Vn Euſthate, vn Seruius, vn Macrobe y ſeroient bien occupez, & ie
n'en veux teſmoin que vous, à qui, comme au
grand preſtre du ſçauoir, tout le myſtere ſainct,
des Grecs & des Latins eſt deſcouuert. Tant y
a que vous aurez ce contentement en liſant cet
Hymne, d'y voir la grandeur de celle, qui eſt
ſeule capable de recompenſer vos merites infi-
nis, comme elle eſt infinie. Et quãd à moy i'au-
ray aſſez d'honneur, ſi par ces premices de mon
humble affection, ie puis teſmoigner à tous,
vous l'ayant agreable, que ie ſuis

MONSEIGNEVR

Voſtre treſ-humble & treſ-
obeyſſant ſeruiteur
RICHELET.

L'HYMNE
DE L'ETERNITE DE
PIERRE DE RONSARD.

Commenté par NICOLAS RICHELET
Parisien.

Tourmẽté d'Apollon qui m'a l'ame
   eschaufee,
 Je veux plein de fureur suiuant les
   pas d'Orfee,
Recercher les secrets de Nature & des Cieux,
Ouurage d'vn esprit qui n'est point ocieux:
Je veux s'il m'est possible atteindre à la loüange
De celle qui iamais par les ans ne se change:
Mais bien qui fait chãger les siecles & les tẽps,
Les mois & les saisons & les iours inconstans,
Sans iamais se muer, pour n'estre point sujette,
Comme Royne suprême à la loy qu'elle a faite.
 Trauail grãd & fascheux: & toutefois l'ar-
deur

D'oser vn si haut fait m'en conuie au labeur:
Puis ie le veux donner à vne qui merite
Qu'auec l'Eternite sa vertu soit escrite.

   Donne moy s'il te plaist , immense Eternité ,
Pouuoir de celebrer ta grande Deité:
Donne l'archet d'airain & la lyre ferree,
D'acier donne la corde & la voix aceree,
Afin que ma chason soit viue autant de iours,
Qu'eternelle tu vis sans voir finir ton cours:
Toy la Royne des ans, des siecles & de l'âge
Qui as eu pour ton lot tout le ciel en partage,
La premiere des Dieux, où bien loin de soucy
Et de l'humain trauail qui nous tourmête icy,
Par toy mesme côtente, & par toy biê heureuse
Tu regnes immortelle en tous biens plâtureuse.

R I C H E L E T.

Tourmenté d'Apollon.] de l'Eternité, c'est à dire, de Dieu, depend la nature: il est l'Auteur de tout ce qui est creé: c'est à l'Eternité que l'hymne premier, le premier honneur est deu: & c'est pourquoy nostre poëte veut commencer ses hymnes par elle, comme par le commêcement, voire par ce qui a esté tousiours auant le commencement de toutes choses. Le labeur luy en fait peur; & c'est pourquoy il demande & inuoque vne force extraordinaire. Ceste Eternité dont (dit-il) est maiſtreſſe du temps, elle eſt au plus haut du Ciel, paiſible & contente, plaine de magnificence & de lumiere, commandant au Deſtin, ſelon qu'il luy plaiſt que le monde ſoit gouuerné: Et comme elle ne vieillit point, auſſi ne veut elle pas que la vieilleſſe approche du Ciel, ny le diſcord qui puiſſe troubler la paix & l'ordre du monde, qui eſt ſon œuure & ſubiect à elle, voire maintenu ſeulement par elle: comme au contraire l'eſtre de l'Eternité eſt en elle & de par elle meſme, & n'a rien que de preſent; le futur & le paſſé eſtans termes de noſtre humanité, foible & miſerable depuis le peché: au lieu que l'Eternité n'eſt rien que toute vertu, puiſſance, infinité, perfection, & bref qu'Eternité; aupres de laquelle il deſire aprez ſa mort, pouuoir voir Marguerite de France Ducheſſe de Sauoye. *Tourmenté*] car tout enthouſiaſme eſt laborieux & donne du tourment, ainſi le Calchas au 3. de l'Achilleide, eſpris de la fureur d'Apollon,

    --- *caligine ſacra*
Paſcitur, exiliunt crines, rigidiſque laborat
Vitta comis: nec colla loco nec in ordine greſſus.

& principalement les vrais poëtes ſont tourmentez en leur fureur, ἔνθεοι, καὶ κατεχόμενοι, καὶ μαινόμενοι. Platon en ſon Io. *Plein de fureur.*] & ſans cela, rien qui vaille en la poëſie, *negat enim ſine furore Democritus, quemquam poëtam magnum eſſe poſſe,* Ciceron. *Suiuant les pas d'Orphee*] qui s'eſt occupé en ſes hymnes, à la recherche de toute la nature, & des choſes creées, tant ſuperieures qu'inferieures. Eumolpe, Line, & Muſee auparauant luy, ont fait de meſme. Ainſi, dit Laërtius, Muſee le premier de tous enſeigne θεογονίαν καὶ σφαῖραν, auec ceſte haute propoſitió philoſophique, que toutes choſes proceddent de l'vnité d'vn principe, & ſe reſoluent au meſme principe, ἐξ ἑνὸς τὰ πάντα γίνεσθαι, καὶ εἰς ταὐτὸν ἀναλύεσθαι: Line, traicte de la creation du monde κοσμογονίαν, ζώων ἢ καρπῶν χμέσεις. Ainſi noſtre poëte en les imitant, veut auiourd'huy s'addonner à la recherche des ſecrets de la nature, tant intellectuelle, que ſenſible. Et principalement en ſuiuant les pas d'Orphee, eſprit releué dans la cogitation des choſes diuines, & grand philoſophe, comme l'appelle le meſme Laertius φιλόσοφον ἀρχαιότατον. *De celle qui iamais*] de l'Eternité, c'eſt à dire de Dieu, & de fait Marulle en l'hymne de Iuppiter, en dit autât,

Quem non principium, non vlla extrema fatigant,
Expertem ortus atque obitus, qui cuncta gubernas
Neſcius Imperij, totiſque in te ipſe, viceſque
Deſpicis æternus, & tempora ſufficis æuo.

qui fait changer les ſiecles] comme eſtant la ſource du têps, *ex cuius perpetuitate perficitur*, ce dit Arnobe lib.2. *Infinita vt prodeant ſæcula*, & ces ſiecles coulent & ſe changent perpetuellement.   *Comme Royne ſuprême.*] *Immenſi regina æui.* Marulle.   *L'archet d'airain*] comme encor Marulle, *adamantina ſuffice plectra*.   *Qu'eternelle tu vis*) Elegamment S. Hilaire ſur S. Matthieu chap.31. *æternitas, in infinito manet, ſine meſura temporum ſemper eſt, vt in his quæ fuerant, ita in illis quæ conſequentur, extenditur, ſemper integra, incorrupta, perfecta.*   *Sans voir finir ton cours.*] marque encor eſſentielle de l'Eternité, à ce propos Tertullian contre Hermogenes chap. 4. *quis alius æternitatis ſtatus, quam ſemper fuiſſe, & futurum eſſe, ex prærogatiua nullius initij & nullius finis?*   *Toy la Royne des ans*] & la plus ancienne de tout ce qui eſt, comme Thales appelle Dieu dâs Laërtius πρεσβύτατον ὄντων. Or elle eſt Royne des ans, parce qu'ils n'ont point de pouuoir ſur elle, ou parce qu'en effect les ans & les ſiecles ſont non ſeulement poſterieurs à l'Eternité, mais au môde meſme, duquel le temps a pris ſon origine, & c'eſt ce que dit Philon Iuif aux allegories, χρόνον νεώτερον κόσμου, parce que c'eſt le

ſoleil,

soleil, ἡλίυ κίνησις, qui fait le temps, & le soleil est fait
apres le ciel creé.   *Et de l'humain trauail*] fort bien, car
le trauail est pour les choses d'icy bas, mais au Ciel, *in
cœlo semper quiescitur*, ce dit S. Hilaire psal. 131. & Dieu
mesme, *indefessa illa natura, laborem nescit & semper est in-
quiete.   Par toy mesme contente.*] *Pace tua latè pollens téque
ipsa beata*, Marulle. selon que Platon definit Dieu ζῶον
ἀθάνατον, αὐταρκὲς πρὸς εὐδαιμονίαν, οὐσίαν ἀίδιον, τῆς τ' ἀγαθοῦ
φύσεως αἰτίαν, ou comme dit mieux S. Cyrille πρᾶγμα αὐ-
θύπαρχον, μὴ δεόμενον ἑτέρου πρὸς τὴν ἑαυτοῦ σύστασιν.

Tout au plus haut du Ciel dãs vn thrône doré
Tu te sieds en l'habit d'vn manteau coloré
De pourpre rayé d'or, passant toute lumiere
Autãt que ta splendeur sur toutes est premiere:
Et là tenãt au poing vn grãd sceptre aimãtin,
Tu establis tes loix au seuere Destin,
Qu'il n'ose outrepasser, & que luy-mesme en-
      graue
Fermes au front du ciel, car il est ton esclaue;
Ordonnant dessous toy les neuf temples voûtez
Qui dedans & dehors cernent de tous costez,
Sãs riẽ laisser ailleurs, tous les mẽbres du mõde
Qui git dessous tes pieds comme vne boule rõde.

RICHELET.

Tout au plus haut du Ciel.] La place de Dieu & de l'E-

B

ternité, ce dit Ariſtote, au 6. du mõ de d'où il eſt appellé hypatus, *τὴν μὲν ἀνωτάτω, ἢ προτέραν ἕδραν αὐτὸς ἔλαχε· ὕπατος διὰ τοῦτο ὠνόμασαι, ἢ κατ' ὂν ποιητὴν, ἀκροτάτῃ κορυφῇ τὸ σύμπαντος ἐγκαθιδρυμένος ἑαυτοῦ.* Et Platon de meſme dans le Protreptic de Clement Alexandrin, *ἄνω περὶ τὰ νῶτα τὸ ἑαυτοῦ, ἐν τῇ ἰδίᾳ ἢ οἰκείᾳ περιωπῇ.* *Dans vn thrône doré.*] Tout ainſi que le Prophete Eſaye, fait ſeoir dans vn thrône l'Eternité du Fils de Dieu, *vidi dominum ſedentem ſuper thronum excelſum, eleuatum. &c.* S. Cyrille cathech. 14. en marque de ſa puiſſance & majeſté. *Tu te ſieds*] ſelon Platon, qui cõtraite aux autres philoſophes, leſquels meſlent Dieu parmy la matiere, & le font ſubiect à ſes chãgemés, dit, qu'il eſt aſſis au haut du Ciel ſur des ſainɕts fondemens, c'eſt à dire ſur le reglement & gouuernement de la Nature, *ἄνω που περὶ τὴν ἀεὶ κατ' ταῦτα οὕτω φύσιν ἔχουσαν ἱδρυμένος ἐν βάθροις ἁγίοις, εὐθέα περαίνει κατ' φύσιν πορευόμενος.* Plutarq. au traicté *πρὸς ἡγεμόνα ἀπαίδ.* *En l'habit d'vn manteau coloré.*] Pourquoy cet habit, & habit de pourpre rayé d'or? eſt-ce en marque de la richeſſe, opulence & grandeur de Dieu, ou ſi c'eſt par imitation de l'habit que le Prophete donne à l'Egliſe, laquelle eſt ainſi repreſentee au pſalm. 44. *in veſtitu deaurato, circumamiɕta varietatib.* ſelon que remarque S. Auguſtin au 17. de la Cité chap. 16. Ou bien, ſi c'eſt à cauſe des formes eternelles ou images de toutes choſes qui ſõt en Dieu, & deſquelles comme d'eſpeces immortelles les indiuidus d'icy bas ſont reueſtus; ainſi que dit elegammét Triſmegiſte en l'Aſclepius, *mundum iſtum ſenſibilem, & quæ in eo ſunt omnia, à ſuperiore illo mundo, quaſi ex veſtimento eſſe contecta.* *Vn grand ſceptre aimantin*] *τῆς ἡγεμονίας κόσμημα.* Dion. pour monſtrer ſa puiſſance inuincible & abſolue qui attire & emporte tout. *Au ſeuere Deſtin*] comme eſtant le deſtin ſubiect de l'Eternité, qui luy preſcrit immutablement ce qui doibt eſtre fait; & c'eſt

pourquoy Seruius 3. Aeneid. dit, selon la definiton de
Ciceron, que le Destin est *connexio rerum per æternitatem se*
inuicem tenens, quæ suo ordine & lege variantur, ita tamen ve
ipsa varietas habeat æternitatem, de façon que par ce Destin nostre poëte entend la predestination de Dieu sur
toutes les choses creées, dont la loy est seuere & immuable de toute eternité, c'est à dire, que le Destin est
vne verité constante, & coulante de l'Eternité, *ab omni*
æternitate fluens veritas sempiterna, côme encor le definit
Cicerô au 1. de la Diuination, selon laquelle determi-
nation, Dieu a disposé les causes efficientes en la nature, pour faire que neçessairemét elle aille son cours,
côme il l'a arresté. Et ceste nature procedde des mou-
uemens du Ciel, au front duquel, nostre poëte dit fort
bien, Que l'arrest & la loy des choses futures sont en-
grauez par le Destin mesme, c'est à dire, à l'effect de la
predestination diuine sur les choses qui doibuét estre.
Fermes au frôt du Ciel.] car elles sont de necessité en l'ordre du temps, & selon le cours du Ciel, ordonné de
Dieu, *hæc enim tria, fatum, neceßitas, ordo, dei nutu sunt effe-*
cta, & ab his omne velle & nolle diuinitus auersum est, nec ira
commouentur, nec flectuntur gratia, firmata diuinis legibus disci-
plina. ce dit Trismegiste, *stant adamantinis, decreta cæli fixa*
vinclis, nec dubio labefacta casu, nec fracta vi. Buccanan psal.
77. *Les neuf temples voûteZ.*] les neuf Cieux, & semb e
par là que l'Auteur ne reconnoisse que neuf Cieux.
Comme de fait les philosophes en ont eu diuerse opinion. Les vns ont dit qu'il n'y en auoit que huict : assa-
uoir ceux des 7. planetes, & le huictiesme, des estoiles
fixes, qu'ils appelloient le premier mobile, les autres
ont dit qu'il y en auoit neuf neçessairement, ayans recognu par experience que le huictiesme Ciel auoit
deux mouuémens contraires, l'vn de l'Orient en Occident, & l'autre de l'Occident en Orient : & de là ils

ont conclu, qu'il ne se pouuoit faire que le huictiesme
Ciel fut le premier mobile, mais qu'il estoit le second,
& c'est l'opinion de Ptolemee. Les autres ayans obser-
ué encor'au firmament, vn autre mouuement qu'ils
appellét de trepidation, *accessus & recessus*, & ne se pouuant faire qu'vn mesme Ciel ayt de soy deux mouue-
mens contraires, ny qu'il en reçoiue deux du Ciel qui
luy est superieur, d'autant que le premier mobile, ne
peut auoir qu'vn simple & vnicque mouuement, de là
ils ont cóclu, qu'il falloit qu'il y eust vn dixiesme Ciel,
lequel ils ont appellé le premier mobile. Et ce sont là
tous les Cieux, qui ont esté remarquez par leur mouuement, & qui sónt mobiles. Et quand aux immobiles, la
Theologie en reconnoist vn, qui est le Ciel empyrée,
fixe & exempt de tout mouuement local, & remply
d'vne lumiere incomprehensible, ou les intelligences
& bienheureux esprits habitent.   *Sans rien laisser ail-*
leurs.] pour monstrer qu'il n'y a point de vuide, mesme
dehors, & pour faire voir que toute la matiere a esté
employée en la creation du monde, sans qu'il en soit
resté rien pour faire d'autres mondes. Autrement il seroit imparfait & ne seroit pas vnicque, ny image de
Dieu, comme il est, quand à l'vnité εἰς ἐςὶ ϰ ὅλος, ce dit
Philon Iuif *περ. αφθ. κοσμ.* ἐκτὸς μὲν͗ γ ̓ ϐ ̓δὲν ἐςὶ τȣ κόσμου πάν-
των εἰς τὼ συμπλήρωσιν αὐτȣ συνερανισθέντων.   *Tous les mem-*
bres du Monde.] toutes ses parties, tout ce qui est creé du
monde sensible au dessus duquel est Dieu, l'infini, le
monde intelligible, ce dit Trismegiste.   *Comme vne*
boule] *pila similis*, Ouide: mais pourquoy plustost ronde que d'vne autre figure? Platon au Timée dit, que
c'estoit affin que la figure respódist à la qualité de l'a-
nimal, lequel embrassant en soy tous les animaux, de-
uoit estre aussi d'vne figure, qui continst & embrassast
en soy toutes les figures, ἃ πάντ᾽ ἐν αὐτῷ ζῷα περιέχῃν μέλ-

λοιπὰ ζώῳ, πρέπον δ' εἴη σχῆμα τὸ περιειληφὸς ἐν αὐτῷ πάντα ὁπόσα
σχήματα.

A ton dextre costé la Ieunesse se tient,
Ieunesse au chef crespu, de qui la tresse vient
Par flots iusqu'aux talons d'vne enlasseure en-
　　torse,
Enflant son estomac de vigueur & de force.
　Ceste belle Ieunesse au teint vermeil & frac,
D'vne boucle d'azur ceinte dessur le flanc,
Dans vn vase doré te donne de la destre
A boire du nectar, afin de te faire estre
Tousiours saine & disposte, & à fin que tō frōt
Ne soit iamais ridé comme les nostres sont.
　Elle de l'autre main vigoureuse Deesse
Repousse l'estomac de la triste Vieillesse,
Et la bannit du ciel à coups d'espee, à fin
Que le ciel ne vieillesse & qu'il ne prenne fin.
　A ton autre costé la Puissance eternelle
Se tient debout plantee, armee à la mammelle
D'vn corselet ferré qui luy couure le sein,
Menaçant & branslāt vn espieu dās la main,
Pour guerriere garder les bords de ton Empire,
Ton regne & ta richesse, à fin que rien n'espire

Par la suite des ans , & pour donner la mort
A quiconque voudroit ramener le Discord,
Discord ton ennemy, qui ses forces assemble
Pour faire mutiner les elemens ensemble
A la perte du monde & de ton doux repos,
Et voudroit, s'il pouuoit, r'engēdrer le Chaos.
Mais tout aussi soudain que cet ennemy brasse
Trahison contre toy, la Vertu le menasse ,
L'eternelle vertu, & le chasse en enfer
Garrotté pieds & mains de cent chaines de fer.

RICHELET.

A ton d'extre costé.] C'est icy vne elegante allegorie
selon les qualitez immuables & tousiours vnes de l'E-
ternité. Ainsi voyons nous que Constantin, en la premiere harangue qu'il fait en l'assemblee de Nice, vse
d'vne excellente allegorie, pour representer, la grandeur de l'Eglise, sa diuinité , son estendue, son fonde-
ment. Il represente donc l'Eglise, qu'il appelle τῆς πίστεως
κυριακὸν οἰκητήριον, comme vne belle & grande maison,
qui donne du comble iusqu'au Ciel μέχρι τῶ φέγγους τῶ
ἄστρων, & qui s'estend par toute la terre. A ceste maison
il donne 12. colonnes fermes & plus blanches que la
neige, les douze Apostres, qui en la puissance de la diuinité du Sauueur affermissent & establissent sa foy,
δύο κ δέκα τὸν ἀριθμὸν κίονες, χιόνος λαμπρότεροι, ἀκίνητοι τῇ θέσει
τῆς πίστεως, ἀϊδίως τῇ τῆς θεότητος τῶ ἡμετέρυ σωτῆρος δυνάμει βαστά-
ζωσι. Il met encor (quasi comme fait icy nostre poëte)

deux sentinelles ou gardiens à la porte de ceste Sainéte
maison : ὅτι ὁ κυριακὸς οἶκος, ὑπὸ δύο μόνων φυλάκων φρουρεῖται,
la crainte & l'amour de Dieu, qui font que l'iniquité
n'ose regarder seulement la porte, ἀλλὰ ἔξοεισος οὑτου τῦ
τόπου ἐκκαλεῖται. tiré des actes du Concile de Nice. *Franc]*
pur & naturel. *Disposte]* allaigre & gaye: Car il n'y a
point de tristesse ny de maladie en l'Eternité. Et c'est
pourquoy les Dieux, ce dit Seruius, iurent par le Styx
fleuue de tristesse, c'est à dire, par leur contraire, *quia
tristitia est contraria, æternitati.* *Ne soit iamais ridé comme
les nostres.]* c'est la difference qu'il y a entre le bas & le
haut du monde, les choses inferieures & superieures;
celles la sont immuables, celles-cy muables. Les An-
ciens ont limité le lieu des choses immuables & comme eternelles, de tout ce qui est *ad globi lunaris exordium*
iusqu'au firmament & au dessus; & des muables, tout
ce qui est dessous la Lune, qu'ils ont appellee *vita mor-
tisque confinium.* Macrobe *De la triste vieillesse]* parce que
rien ne vieillist au Ciel, *senium totis excludis prouida regnis.*
Marulle. *Afin que le Ciel ne vieilliße,]* & il ne sçauroit
vieillir, car estant tiré sur vn patron eternel, il ne peut
que ressembler à son idée, sans changemét ny diminution, *huic nulla acceßio fieri potest nec deceßio.* Ioint que tout
ce qu'il a de passion viét de luy mesme & s'en nourrit,
consumptione & senio sui alitur, ce dit elegamment Ciceron au liure de l'vniuers. *Le discord]* la confusion des
elemens, les contrarietez desquels Tertullian appelle
antitheses ; contre Marcion 2. ch. dernier. Tout ainsi
que Philon Iuif appelle les elemés en leur accord, fre-
res, ἀδελφὰ στοιχεῖα. au liure ώρ. αφθ. *A la perte du mon-
de]* fort bien à la perte, car de la paix & vnion de ces
quatre *ex his rebus numero quatuor mundi corpus est effectum,
& eorum concordi amicitia atque charitate;* Ciceron. laquelle venant à se troubler par le discord & la confusion,

il est force que le monde perisse , *& tandem dies aliquis hunc dissipet,& in confusionem veterem,tenebrásque demergat.* comme dit Senecque ad Polyb. ch. 20. *R'engendrer le Chaos.*] ἀκοσμίαν la confusion comme elle estoit auparauant que le monde fut; l'Aristote estime que le Chaos soit le lieu ὅπου ἔσεται εἶναι, ce dit Philon Iuif, qui a esté preallable & necessaire pour receuoir la creation du Monde. Les Stoicques disent que le Chaos est l'eau περὶ τὴν χύσιν, comme principe vniuersel. si bien que r'engendrer le Chaos selon eux, ce seroit icy resoudre toutes les choses creées en eau, & les r'amener confusément à leur origine. περ. αφθαρσ. κοσμ. *L'Eternelle vertu*] l'efficace de ceste Eternité, c'est à dire la vertu que Dieu a donné au monde de pouuoir tousiours durer & demeurer en son ordre, qui resiste à la confusion, auec laquelle le monde, c'est à dire, l'ornement d'vne parfaicte disposition ne peut subsister καλὸν γὸ οὐδὲν ἐν ἀταξία, & le monde,c'est à dire,l'ordre τάξις,n'est rien autre chose, ce dit encor Philō Iuif au mesme liure ἣ ἀκολυθία προηγουμένων τινῶν, καὶ ἑπομένων, qu'vn establissement de suitte, selon que les choses doiuent les vnes preceder & les autres suiure.

Bien loin suiuant tes pas , ainsi que ta seruăte
La Nature te suit, qui toute chose enfante,
D'vn baston appuyée à qui mesmes les Dieux
Font honneur du genoüil quand elle vient aux
    cieux.
Saturne apres la suit, le vieillard venerable
Marchăt tardiuement, dŏt la main honorable
Bien

Bien que vieille & ridee, esleue vne grãd faux,
Le Soleil vient dessous à grãds pas tous égaux,
Et l'An, qui tãt de fois tourne, passe & repasse,
Glißãt d'vn pied certain par vne mesme trace,
Vive source de feu, qui nous fait les saisons,
Selon qu'il entre ou sort de ses douze maisons.

RICHÈLET.

Bien loin suinant tes pas] Tout cecy est traduit de Marulle,

Pone tamen, quàmuis longo pone interuallo,
Omniferens Natura subit, curuáque verendus
Falce senex, spatiísque breues æqualibus Horæ,
Atque idem toties Annus remeánsque meánsque
Lubrica seruato relegens vestigia gressu.

La Nature te suit] parce que peut estre elle est comme son image ainsi que dit Trismegiste au Pimandre, *cuius imago est omnis natura*, & de là la Nature suit fort biẽ l'Eternité, parce qu'aucune nature ne precedde Dieu *quem Natura numquam creauit*, ce dit encor le mesme.

Qui toute chose enfante] qualité propre à la Nature selon sa definition plus generale que luy donne Aristote au 4. des metaphysicq. ch. 4. l'appellant $τῶν$ φυομένων γένεσιν, & comme elle enfante tout, elle comprent aussi tout, τὰ πάντα δεχομένη σώματα ce dit Platon au Timée, qui remarque vne qualité propre de la Nature, de receuoir & côceuoir indifferemmẽt toutes choses, & neantmoins n'en garder ny contracter en soy aucune forme ou ressemblance δεχεται γ, dit-il, ἀεὶ τὰ πάντα, καὶ μορφὴν ὐδεμίαν ϖστι ὐδενὶ τῶν εἰσιόντων ὁμοίαν εἴληφεν ὐδαμῆ ὐδαμῶς. Mais Arte-

midore dit plus liure 4. chap.3. Que non seulement la
Nature est de toutes choses qui sont,& qui serōt, mais
de celles mesme qui ne seront iamais, τ̃ πάντη καὶ πάντως
ἐξωλύων τε καὶ ὐκ ἐσομένων πειφορὰ, φύσις ὠνόμασαι. *Saturne
apres la suit*] Et toutefois ce n'est pas de là la premiere
influence, car les estoiles fixes qui sont au dessus in-
fluent aussi bien,& seruent à la Nature. Remarquons
d'auantage que les noms donnez aux planetes, de Saturne,Iuppiter & autres,ne sont pas noms naturels,ny
propres constitutions de leur nature,mais denomina-
tions positiues,pour l'instruction des hommes *qua stel-*
lis numeros & nomina fecit, & de là est que Ciceron parlant de ceste planete ou estoile de Saturne adiouste,
quam in terris Saturniam nominant. Macrobe. *Le Viellard*
venerable] non que les astres soyent vieux ou ieunes,
mais c'est en representation de leurs proprietez, effets
& influences, comme icy Saturne vieil, parce qu'il est
tardif, maleficque & qu'il produit des effects de froid
& d'humidité, *Saturnus Deus pluuiarum est*, & principalement quand il se rencontre au Capricorne, *in Scorpio*
facit grandines, & seul de toutes les planetes,ce dit Seruius, *longius à sole discedit, & bis ad vnumquodque signum*
recurrit. *Marchand tardiuement*] *pigráque Saturni semita.*
Claudian. Comme en effect c'est le plus tardif en son
cours, qu'il ne parfait qu'č 30.ans,& cela procedde, de
ce que plus les Spheres des planetes sont proche du
premier mobile, plus leur cours naturel en est tardif.
Et de là est que le Ciel chrystalin, qui est la neufiesme
Sphere, comme la plus proche de ce premier mobile,
ne parfait son cours naturel qu'en 4900. ans selon les
Astronomes. Lucian au traitté de l'Astrologie,impute
ceste tardiueté, au grand esloignement de ce planete,
tel qu'a peine le peut on remarquer icy bas, Φέρεται γὰρ
ὁ κρόνος τὴν ἔξω φορὴν, πολλὸν ἀφ' ἡμέων, καὶ οἱ νωθρή τε ἡ κίνησις

καὶ τὸ φνιδῖν ἴσι ἀνθρώποισι ὁράαϲθαι , διὸ δή μιν ἐσκίας λέγουσιν,
Vne grand faux.) ceſte faux eſt ſymbolicque & ſignifica-
tiue de l'effeᴄt bon ou mauuais de ceſt aſtre, lequel cōme la faux , quand il eſt direᴄt & va en aduant , nè fait
point de mal , mais ſi fait bien quand il eſt rettrograde,
Saturnus in progreſſu nihil nocet, cum eſt retrogradus, eſt periculo-
ſus, ideóque habere falcem in tutela dicitur, Seruius. Fait à remarquer que l'antiquité , donnoit à chacqùe Dieu par
diſtinᴄtion quelque inſtrument ou habit particulier,
dōt ſe moque Arnobe liure 6. *In deorum corporibus* (dit-il)
laſciuiæ artificum ludunt, dántque his formas, quæ cuilibet triſti.
*poſſunt eſſe deriſui. Itaque Hammon cum cornibus formatur & *
fingitur arietinis, Saturnus cum obunca falce, cum Petaſo gnatus
Maiæ &c.   *A grands pas*] eu eſgard à ſon cours extraordinaire qu'il fait en vingt quatre heures , d'où peut
eſtre , les Maſſagetes à cauſe de cela , ce dit Herodote,
luy ſacrifioyent des cheuaux comme au plus viſte de
tous les dieux : car pour le regard de ſon cours naturel , διϲϲὰς γὰρ πορείας πορεύεται , ce dit Ariſtote au liure du
Monde, qu'il n'accomplit qu'en 365. iours & ſix heures, il n'eſt pas à ſi grands pas que celuy de la Lune qui
ſe fait en 28. iours.   *Par vne meſme trace.*] *ſua per veſtigia*
voluitur annus.   *De feu*] & de lumiere, *hic lucem rebus mi-*
niſtrat, aufertquè tenebras, hic reliquà ſydera occultat, hic vices
temporum annúmque ſemper renaſcentem ex vſu naturæ tempe-
rat, hic ſuum lumen cæteris quoque ſideribus fœnerat, præclarus,
eximius &c. Pline 2. ch. 6.   *Qui nous fait les ſaiſons*] mer-
ueilleux aſtre, ce dit Senecque *illum annus ſequitur, ad il-*
lius flexum hyemes æſtatéſque vertuntur. au 2. des queſtions
naturelles ch. 11.   *De ſes douze maiſons*] des 12. ſignes
du Zodiaque, *deſcripto circulo, qui ſignifer vocatur, in 12. ani-*
malium effigies, & per illas ſolis curſus. Plin. 2. ch. 4. Et tout
ainſi que par ces douze ſignes du Zodiaque le Soleil
fait les 4 ſaiſons, la Lune fait auſſi les 12. moys, repre-

sentez symbolicquement des Egyptiens , par vne pal-
me qui chaque mois produit vn rameau , κ᾽ τὴν ἀνατο-
λὴν τῆς σελήνης ce dit Orus.

> *La Lune pend sous luy , qui muable trans-*
> *forme*
> *Sa face tous les mois en vne triple forme ,*
> *Oeil ombreux de la nuict , guidãt par les forests.*
> *Molosses & limiers , les veneurs & leurs rhets ,*
> *Que la sorciere adore , & de nuict resueillee*
> *La regarde marcher nuds pieds , escheuelee.*
> *Fichant ses yeux en elle. O grande Eternité,*
> *Tu maintiens l'vniuers en tranquille vnité:*
> *De chainons enlassez les siecles tu attaches ,*
> *Et couué sous ton sein tout le monde tu caches ,*
> *Luy dõnant vie & force , autremẽt il n'auroit*
> *Mẽbres , ame , ne vie , & sãs forme il mourroit :*
> *Mais ta viue vigueur le conserue en son estre*
> *Tousiours entier & sain sãs amoindrir ne croi-*
> *stre.*

RICHELET.

La Lune pend sous luy] non pas immediatement sous le
Soleil, car deux autres planetes sont entre-deux. Il est
vray que quelques vns ont eu ceste opinion , fondée,
sur ce qu'ils ont veu qu'il n'y a que la Lune qui face

eclipſer le Soleil,& pour cela ils ont creu qu'elle eſtoit
immediatement ſous luy , & de fait Ciceron conſtitue
ces deux aſtres comme voiſins & ſans moyen. *Deus ipſe
Solem, quaſi lumen accendit, ad ſecũdum ſupra terram ambitum.*
où bien cela ſe doit entédre, ſelon la diuiſion faite par
quelques vns, des planetes en cinq diſtances, leſquels
ne font qu'vne diſtance de la Lune iuſqu'au Soleil, &
du Soleil iuſqu'a Mars vn autre, ἐν πέντε διαςήμασι, τίθα-
ϲθαι τοὺς πλάνητας, ὦν τὰ μὲυ ἔςὶ τ̃ ἀπὸ σελήνης ἐπὶ ἥλιον, ne
faiſans point d'eſtat des deux autres planetes qui ſont
entre la lune & le ſoleil, peut eſtre à cauſe qu'ils ſont
ὁμόδρομοι ἡλίω, Plutarque au traicté de la creation de l'a-
me. Fait encor icy a obſeruer comment l'ordre des pla-
nettes s'eſt cognu, aſſauoir par leurs ecclipſes & oc-
cultations, car il faut neceſſairement que celuy qui eſt
eclipſé ſoit ſuperieur,& puis que la Lune, quát à nous,
fait eclipſer Mercure & le Soleil, il faut par n'eceſſité
d'ordre qu'elle ſoit ſous eux.   *Qui muable.*] & d'vne
mutation long temps incognue, comme i'ay dit ailleurs, d'où Ciceron dans Nonius, *lune qua lineamenta
ſunt, potéſne dicere cur eius naſcentis alias hebetiora, alias acu-
tiora videantur cornua ?   Tous les mois*]mais pluſtoſt toutes
les ſepmaines, & de fait que Philon Iuif remarque que
ces figures & mutations diuerſes, qu'il appelle χηματι-
σμοὺς,ſe font de ſept en ſept iours καθ' ἑϐδομάδα,& à cauſe de la grande ſympathie qu'a cet aſtre, entre les autres, auec la terre, il l'appelle συμπαθέςατον ϖρὸς τὰ ὀπίγεια
ἄςρον. aux Allegories.   *En vne triple forme*] τείμορφος.
Triuia ce dit Germanicus, *eo quod tribus fungatur figuris,*
διὰ τὸ τρία χήματα φυσικώτατα ἀποτελεῖν. Phornutus.   *Oeil
ombreux de la Nuict*]mais pluſtoſt de l'ombreuſe nuict, ſi
ce n'eſt à cauſe des qualitez de cet aſtre, qui de ſa nature eſt vn corps ſombre & ſans lumiere, *fax aëris, nec vl-
tra ſuperficiem quauis luce penetrabilis,* & lequel auſſi, de dit

Macrobe, nous communique icy bas, *solam ignis simili-*
tudinem carentem sensu caloris.   *Guidant par les forests.]*
astrorum decus & nemorum. Virgile. Et c'est en cela qu'elle est Diane, & qu'elle preside aux chemins, & pour cela reputee vierge ce dit S. Augustin au 7. de sa Cité, ch.
16. parce que la voye ou le chemin n'enfante rien.
Molosses] grands chiens de chasse, & puissans, *multo legit*
arua molosso venator. Statius.   *Fichant les yeux en elle.]* la
regardant attentiuement, comme quand elle va cou-
pant ses herbes, ainsi que dit Virgile *falcibus ad lunam*
messa. &c.   *Tu maintiens l'vniuers]* qu'entend il par là
que l'Eternité maintient l'Vniuers? est-ce qu'il veut dire, que le mode doibue estre Eternel, ou bien qu'il soit
sans commencement γενέσεως ἀρχὴν ἔχων οὐδεμίαν, comme
Platon en forme la question au Timee, & resoult en
fin que combien qu'il ayt commencé & ayt esté creé
ἀπ' ἀρχῆς τινὸς ἀρξάμενος, toutefois ayant esté creé sur vn
patron eternel, il ne peut qu'il ne soit tousiours eternel à l'aduenir, εἰ μὲν δὴ καλὸς ὅδε ὁ κόσμος, ὅτε δημιουργὸς ἀ-
γαθὸς, δῆλον ὡς πρὸς τὸν ἀΐδιον ἔβλεπεν.   *En tranquille vnité.]*
Dieu Eternel accordant ses qualitez contraires, suiuāt
ce que dit Proclus, *quid aliud & multa vnit, & congregat*
segregata, nisi diuinitas ? Dieu (dis-ie) en l'vnion de ses
Elemens conserue eternellement le monde *in æternita-*
te custodit, ce dit Seruius, *quia nulla pars elementi sine Deo*
est. Ou bien parce que Dieu n'estant qu'vnité, ramene
à soy par vnité tout ce qu'il a creé, *facit vtraque vnum,* &
remarquós icy ce que dit Petrus Blesensis, que par sept
ou huict sortes d'vnités, comme par degrez, nous par-
uenons à la derniere vnité qui est Dieu, au 15. sermon.
Les siecles tu attaches] *adamante ligas fugientia sæcla.* Marulle.
Et comme sous ton sein] *Dei quasi incubatu*, parce que Dieu
est au dessus de toute sa creation, *infinitus Deus, primo su-*
perioris cœli circulo circumfuse supereminet, & omnia virtutis

sua spiritu, in vsum ac naturam animantium temperat, S. Hilaire pſal. 135. Et par ce moyé il couue comme ſous ſon ſein toút le móde; auquel il communique, comme vne eſpece d'eternité, du moins d'immutabilité, *τℓὼ ἀτρεψίαν*, qu'appelle Pſellus eń ſon arithmethique. *Ame ne vie*] car non ſeulement le Monde a vne ame qui le viuifie, mais auſſi vn entendement, & Platon au Timée dit que Dieu donna l'ame au corps du Monde *ψυχὼ ἐν τῷ σώματι*, pour le rendre viuant, mais à l'ame il donna l'intelligence & l'entendement, *νοῦν μὲν ἐν ψυχῇ*, d'où il l'appelle *ζῶον ἔμψυχον ἔννουν τε, διὰ τℓὼ τῦ θεῦ πρόνοιαν*, & en ſon politicque, *ζῶον ἢ φρόνησιν εἰληχὸς ἐκ τῦ συναρμόσαντος αὐτὸ κατ' ἀρχάς*. De ſorte que le monde eſt compoſé de ſubſtance intelligible & ſenſible, *ἐκ τε σωματικῆς ἐσίας ἢ νοητῆς*, d'eſprit & de corps, l'vn la forme, & l'autre la matiere, Plutarque au traicté *περ. ψυχογονίας*, & quelques vns, cóme Pythagore, ont creu meſme, que Dieu eſtoit l'ame du Monde, ce que refute S. Auguſtin au 4. de ſa Cité chap. 12. parce que, dit-il, ſi çela eſtoit, il faudroit que tout ce qui naiſt au monde, procedât de ceſte ame du Monde, fut partie de Dieu, ce qui eſt abſurd. *Touſiours entier & ſain*] marque de ſon eternité. Et il faut bien qu'il ſoit touſiours tel. Car la maladie en quelque ſujeſt que ce ſoit, ne peut procedder que de dehors ou de dedans, ce dit Philon Iuif, *διτίαὶ φθορᾶς αἰτίαι, τ̄ μὲν ἐντὸς, τῆς μὲν ἐκτὸς*. Pour le regard de dehors, rien ne peut arriuer au monde qui l'offenſe & le rède malade, d'autant qu'il n'y a rien hors de luy, *μηδενὸς ὑποστάντος μέρους, ὁλοκλήρων ἐγκατειλημμένων εἴσω*. Pour le regard des choſes qui ſont dedans luy, aucune ne luy peut auſſi faire de mal, parce qu'il s'enſuiuroit abſurdement que la partie ſeroit plus forte que le tout *τὸ μέρος τῦ ὅλυ καὶ μεῖζον ἔτι καὶ κραταιότερον. περ. ἀφθαρσ.* *Sans amoindrir ne croiſtre*] autre marque encor de ſon Eternité, car ce qui a eſté fait

tout à coup, sans progrez d'aage ny de croissance, n'est
point subiect à décroistre : car croistre & decroistre
sont relatifs ᾧ γὰρ μὴ αὔξησις, ce dit Philon Iuif au mesme liure, μηδὲ μείωσις πρόσεστιν; or nous voyons que le
monde ne croist point, & de là s'ensuit qu'il ne doit
point diminuer, & qu'il doit donc durer eternellement.

Tu n'as pas les mortels fauorisez ainsi,
Que tu as heritez de peine & de soucy,
De vieillesse & de mort, qui est leur vray par-
    tage,
Te souciant bien peu de nostre humain lignage,
Qui ne peut conseruer sa generation
Sinon par le succez de reparation
A laquelle Venus incite la Nature
Par plaisir mutuel de chaque creature,
Pour garder son espece, & tousiours restaurer
Sa race qui ne peut eternelle durer.

  Mais toy sãs restaurer tõ estre & tõ essence
Viue tu te soustiens par ta propre puissance,
Sans craindre les cizeaux des Parques qui
    çà bas
Ont puissance sur tout le vray lieu du trespas:
La terre est son partage, où felon il exerce
Par diuers accidens sa malice diuerce,
            N'ayant

» N'ayāt nōplus d'esgard aux Princes qu'aux
   bouuiers,
» Pesle-mesle, égalant les sceptres aux leuiers.
   Quand tes loix au Conseil l'estat du monde
   ordonnent,
En parlant à tes Dieux qui ton thrône enuirō-
   nent
(Thrône qui de regner iamais ne cessera)
Ta bouche ne dit point, Il fut, ou, Il sera:
C'est vn langage humain pour remarquer la
   chose:
Le temps present tout seul à tes pieds se repose,
Sans auoir compagnon: car tout le temps passé,
Et celuy dont le pas n'est encor auancé,
Sōt presens à tō œil, qui d'vn seul clin regarde
Le passé, le present, voire celuy qui tarde
A venir quant à nous, & non pas quant à toy,
Ny à ton œil qui void tous les temps deuāt soy.

RICHELET.

Tu n'as pas les mortels] les choses mortelles, les hommes.
Heritez.] partagez   *par le succez.*] par reparer successi-
uement ce qui deperit des indiuidus.   *A laquelle Venus*] le plaisir naturel qui nous porte à ceste propaga-
tion,

Vt res per Veneris blanditum sæclæ propagent
Ne genus occidat humanum.   · Lucrecé liu.2.

Par plaisir mutuel.] c'est à dire des deux sexes, ἢ γὸ συνέσια, ce dit Orus, ἐκ δύο ήδονῶν συνέσηκεν, ἐκ τε τῆ ἀνδρὸς, ἐξ τ' γυναικὸς, & de là le double 16, hyeroglyphique des Egyptiens. Et S. Ignace en l'Epistre à Heron appelle les femmes συνεργοὶ τῆς γεννήσεως, ἄνευ ᾗ γυναικὸς ἀνήρ, ἐ παιδοποιήσει. ἐτ *reparatio*, dit Seruius, *in sexu vtróque consistit.* *De chasque creature*] mais plus naturellement encor de l'hómme & de la femme, d'autant que l'homme & la femme ne sont en effect que deux parcelles diuisees d'vn mesme animal, comme dit elegamméc Philon Iuif, representant l'amour mutuel de l'homme & de la femme. ἔρως δ' ἐπιγινόμενος, καθάπερ ἑνὸς ζόυ διττὰ τμήματα διεσηκότα συναγαγὸν, εἰς ταυτὸν ἁρμόττεται, πόθον ἐνιδρύμενος ἑκατέρω τῆς πρὸς θάτερον κοινωνίας, εἰς τὼ τῆ ὁμοίυ γεννέσιν. *Pour garder son espece*] & pour reünir la fin à son commencemènt par vne suitte perpetuelle. Et c'est ce que medite encor excellemment Philon Iuif au liure πεὶ κοσμοπ, quand il dit, qu'en la creation, Dieu a fait le comméncement iusqu'a la fin, ἀρχὼ πρὸς ὁ τέλος, & a fait retourner ceste fin à son commencement, ἐξ τέλος ἐπ' ἀρχὼ ἀνακάμπτειν ἐποίει, par le moyen que les especes se perpetuent, & de leur fin reprennent leur commencement : comme le fruit de la plante φυτῶν ὁ καρπὸς, est la fin du commencement ᾽ἐξ ἀρχῆς τὸ τέλος, & en tant qu'en ce fruict, comme en la fin de la plante, est la semence de l'espèce καρπῶν ὁ σπέρμα, ceste fin est le commencement d'vne nouuelle plante, ἐκ τέλυς ἀρχὴ, & voila comme se gardent & perpetuient les especes. *Sans restaurer ton estre*] parce que l'estre de Dieu & de son Eternité, est sa substance & sa nature mesme, voire son intelligéce & sa Deité, ce dit S. Thomas. Et comme dit S. Augustin, *esse in Deo non est accidens,* & consequemment ne se restaure point, parce qu'il est

eternel & immuable, & non subiect à aucun affoiblis-
sement ou diminution. *Des Parques*] de la Mort, *sum-
ptis à parcēdo vocabulis, antiphrasticè*, ce dit Petrus Blesens.
ep.169. *Egalant les Sceptres aux leuiers*] *æquans sceptra li-
gonibus*, ce dit quelqu'vn. Car en effect, c'est en la mort
qu'est la parfaite égalité --ἰσθιμία ἐν ἄδου, καὶ ὅμοιοι πάντες,
ce dit Lucian ; *quæ veneraris & quæ despicis*, ce dit Senecque ad Marciam, *vnus exæquabit cinis*. *A tes Dieux*]
à ces Intelligences creées qui sont au Ciel. *Il fut où il
sera*] parce que ces termes de futur & du passé concer-
nent les choses creées, sont marques & symboles de
generation χόνε χρρότος εἴδη, τότ' ἰῶ ὅτ' ἔσαι ce dit elegamment Platon au Timée, mais à l'Eternité il ne cōuient
que l'estre & le temps present, τὸ ὅτι μόνον, χτ' τὸν ἀληθῆ λό-
γον, d'autant qu'elle est Immobile & immuable, auquel
cas les termes de futur & du passé ne s'y peuuent ap-
plicquer, parce que, comme dit le mesme Platon, ce
qui est eternel immobilement, τὸ δ' ἀεὶ χτ' ταυτὰ ἔχον ἀκι-
νήτως, n'est iamais plus vieil ny plus ieune en vn temps
qu'en l'autre, ὔτε πρεσβύτερον ὔτε νεώτερον προσήκει λήγεσθαι.
Et neantmoins fait à remarquer, ce que dit Gelase és
actes du Concile de Nice, que l'Eternité se remarque
aussi bien par ESTOIT comme par EST, comme quand
l'Euangile parlant de l'Eternité du Fils de Dieu, dit, ὁ
λόγος ἰῶ, le verbe estoit, cet ESTOIT est vn terme d'Et-
nité qui n'est precedé de rien, disent les peres du Concile, τὸ ἰῶ τὸ προϋπάρχει ἐκ ἔχι, τὸ ἰῶ, προιγράφει τὸ ἐκ ἰῶ.
C'est vn langage humain pour remarquer] ou cōme dit Gre-
goire le Theologien, ce sont termes seruans à diuiser
& partir les actions de nostre temps, lesquelles passent
autrement & s'escoulent, τῶ καθ' ἡμᾶς χόνε τμήματα κ̀
ῥευτῆς φύσεως. *Le temps present tout seul.*]
*--præsenti inclusa fideli
Diuersósque dies obtutu colligis vno,* Marulle.

mais plus excellemment S. Augustin le dit en ses que-
stions, *præteritum & futurum inuenio in omni motu rerum, in
veritate quæ manet, præteritum & futurum non inuenio, sed so-
lum præsens, & hoc incorruptibiliter. Discute rerum mutationes,
inuenies fuit & erit, cogita Deum inuenies est, vbi fuit & erit
esse non possit.*   **Dont le pas n'est encor. aduancé**] le futur.
Sont presens à ton œil] C'est ce que dit encor S. Augustin
au 12. de la Cité, chap. 15. qu'au mouuement de l'Eternité de Dieu, il ne faut pas dire que cela a esté, qui n'est
pas desia, où sera qui n'est pas encore, Et S. Hierome
sur l'Epistre de S. Paul à Tite, Toute l Eternité est vn
temps en Dieu, & la raison est de S. Hilaire au 1. de la
Trinité, *quia in æternitate, posterius anterius-ue non congruit,*
non plus qu'en la toute Puissance, *validius infirmius-ve,*
Et c'est pourquoy Dieu se nommant soymesme, dit admirablement *& absoluta de se significatione, Ego sum qui
sum, quia id ipsum quod est, neque desinentis est aliquando, neque cœpti.*   **Tous les temps deuant soy**] *quia non est Deus temporum posterior,* ce dit Arnobe psal. 134, *Et vt esset tempus,
ab eo sumpsit exordium.*   Et encor Platon au Parmenide,
passe plus outre, car il dit, que le temps present mesme
ne conuient pas propremét à Dieu, ny à son Eternité,
parce qu'il est temps & le τὸ ὄν, l Eternité n'a point de
temps, & ne se peut rapporter à aucun temps en tout,
d'autant qu'elle est immobile & tousiours deuát tout
temps, de sorte que nous ne pouuons concéuoir l'E-
ternité, que negatiuement, en disant qu'elle n'est
point tout ce que nous pouuons enoncer ou imaginer d'elle.

*Nous autres iournaliers, nous perdons la
     memoire
Des siecles ja coulez, & si ne pouuons croire,*

Ceux qui sõt à venir comme nais imparfaits,
Encrouſtés d'vne argille & d'vn limõn eſpais,
Aueugles & perclus de la ſaincte lumiere,
Que le peché perdit en noſtre premier pere :
Mais ferme tu retiens dedans ton ſouuenir
Tout ce qui eſt paſſé, & ce qui doit venir,
Comme haute Deeſſe eternelle & parfaite,
Et non ainſi que nous de maſſe impure faite.

    Tu es toute dans toy ta partie & ton tout,
Sans nul commencement, ſans milieu, ne ſans
        bout,
Inuincible, immuable, entiere & toute ronde,
N'ayant partie en toy, qui en toy ne reſponde,
Toute commencement, toute fin, tout milieu,
Sans tenir aucun lieu, de toutes choſes lieu,
Qui fais ta Deité en tout par tout eſtendre,
Qu'on imagine bien, & qu'on ne peut cõm-
        prendre.

    Regarde moy Deeſſe au grãd œil tout voyãt,
Royne du grand Olympe au grand tour flam-
        boyant,
Grande mere des Dieux, grande Dame &
        Princeſſe.

                        D iij

Si ie l'ay merité concede moy Deeſſe,
Concede moy, ce d'on: ç'eſt qu'apres mõ treſpas
(Ayant laiſſé pourrir ma deſpoüille çà bas)
Ie puiſſe voir au Ciel la belle Marguerite
Pour qui i'ay ta loüange en cet Hymne deſcrite.

RICHELET.

Nous autres iournaliers.] ſubiects au temps & aux iours. *Encrouſtez d'vne argile*] κεϱαμίκδος γῆς qu'appelle Plutarq. *nugatoria & imbecilla corpuſcula* ce dit Seneçque au 2. de ſes queſtions naturelles chap. 2. *fluida, nec magna molitione perdenda,* enfermez dans vn corps de terre, par alluſion à la matiere du premier homme, qui fut du limon de la terre, commé dit Moyſe, ἔπλασεν ὁ Θεὸς ἄνθρωπον χοũν λαβὼν ἀπὸ τῆς γῆς ; il eſt vray que ce ne fut pas, dit Philon Iuif, au liure de la creation, d'vne terre indifferente, & telle qu'elle ſe preſenta par hazard, mais Dieu la choiſit la plus nette & la plus pure, διακρίνας ἐκ ἀπάσης τὸ βέλτιϛον, ἐκ καθαϱãς ὕλης τὸ καθαϱώτατον, comme vn parfait imager, qui vouloit faire vn parfait ouurage, pour ſeruir de maiſon & de temple, à ſon image, c'eſt à dire, à l'ame raiſonnable, car comme dit le meſme, noſtre corps, ceſte argille ou terre choiſie, qu'appelle noſtre auteur, eſt la maiſon & le temple ſacré de l'ame raiſonnable, οἶκος ϰ̀ νεὼς ἱεϱὸς ψυχῆς λογικῆς. *Aueuglés & perclus de la ſainĉte Lumiere*] c'eſt à dire, de ceſte pure & ſimple cognoiſſance, auec laquelle l'ame raiſónable fut creée, auparauant que le peché l'euſt aueuglee, ἀκεϱαίου τῆς λογικῆς φύσεως ἐν ψυχῆ ce dit Philon Iuif. Mais Triſmegiſte au Pimandre, impute cela à la maſſe du corps, qui con-

traint l'ame, *inimicum vmbraculum, quod te deorsum raptat,
ne forte conspicias veritatis decorem, atque proximum bonum:
hoc aciem interiorum sensuum hebetat & obtundit, crassa illam
materia suffocat.* Car quand à l'ame, ce dit Seruius 6. elle
à tousiours en soy, sa mesme clarté naturelle, mais son
corps l'offusque, *vt si leonem includas in caueam, impeditus
vim suam non perdit: sed exercere non potest. Ita animus non
transit in vitia corporis, sed eius coniunctione impeditus, non exer-
cet vim suam: animus per se nihil patitur sed laborat ex corporis
coniunctione, per naturam suam non corrumpitur sed per conta-
ctum rei alterius.* *Que le peché perdit*] Comme s'il vouloit dire, que sans le peché l'ame eust conserué & rete-
nu ses facultez & fonctions & sa lumiere, aussi libres
auec le corps comme sans le corps, ce qui est vray, mais
le peché luy a tout osté, *adempta est illi,* ce dit Tertulliã,
contre Marcion lib. 2. ch. 2. *paradisi gloria, & familiaritas
Dei, per quam omnia Dei cognouisset, si obedisset,* de sorte que
Macarius elegàment Homelie 12. dit, qu'en ceste estrã-
ge mutation l'homme est demeuré mort quand à Dieu
ἀπὸ τῦ θεῦ ἀπέθανε, viuant seulement quand à sa propre
nature τῇ ἰδίᾳ φύσει. *Tu es toute dans toy*] car hors d'elle
qui a-il qui ne soit creé, & consequèmment non eternel, *eius esse in sese est,* ce dit S. Hilaire contre l'Empereur
Constantius, *non aliunde quod est sumens, sed id quod est, ex
se atque in se obtinens.* *Ta partie & ton tout*] Marulle,

   Ipsa eadem pars, totum eadem, sine fine, sine ortu,
   Tota ortus, finisque æquè, discrimine nullo
   Tota teres, nulláque tui non consona parte.

Qui est à dire que l'Eternité est vne integrité simple,
toute entiere en chasque partie, car il n'y a point de
partie en l'Eternité de Dieu, qui ne soit tout, *totus idem
est,* ce dit Gregorius Beticus au liure qu'il a fait *de Tri-
nitate & fide, secundum substantiam, non pars & pars, non mê-
brum & membrum, sed simplex nescio quid, & integrum &*

perfectum.　Sans nul commencement] qui est la vraye marque de l'Eternité de Dieu, τοῦ Διὸς, ce dit Laërtius, τὸ μήτε ἀρχὴν ἔχειν, μήτε τελευτὴν, & proprement Optatus Mi-
leuitanus liu. 3. *Genus Dei est non habere genus, qui ex se est
& manet in æternitate.* Et Tertullian contre Marció, liure 2. chap. 3. *non tempus habuit, ante tempus quæ fecit tempus,
sic vt nec initium ante initium, quæ constituit initium, atque ita
carens & ordine initij & modo temporis, de immensa & inter-
minabili ætate censebitur.*　　*Immuable*] S. Hilaire elegamment à ce propos psal. 2. *Nihil in æternam illam & perfe-
ctam naturam nouum incidit, neque qui ita est vt qualis est, ta-
lis & semper sit; ne aliquando non idem sit, potest effici, aliquid
aliud esse, quam semper est.* Et de là est que les Platoniciens
ont recognu, que tout ce qui se voyoit au monde estât
muable, & recepuant plus ou moins, ne pouuoit estre
la premiere espece, ny Dieu Eternel, qui est tousiours
constant & Immuable, ce dit S. Augustin au 8. de sa Cité chap. 6. parce qu'il ne se peut faire, ce dit Psellus en
son arithmetique, que ce qui est vne fois vn, soit autre
chose que tousiours vn, ἅπαξ γὰρ τὸ ἓν, ἐν ᾗ. Et fait à remarquer, que ceste Immutabilité de Dieu, a cela de
particulier, que quoy que conuerty en toutes choses,
il ne change point, *vt licet in omnia conuerti possit, tamen
qualis est perseueret*, & c'est la differéce qu'il y a entre luy
& ce qu'il a creé, d'autant que sa conuersion n'altere
rien de ce qu'il est, au lieu que toutes les autres choses,
*cum conuertuntur amittunt quod fuerunt, quia natura conuerti-
bilium ea lege est, ne permaneant in eo quod conuertitur & per-
dunt conuertendo quod fuerunt*, Tertullian au liure *de carne
Christi* chap. 3.　　*N'ayant partie en toy qui en toy ne respon-
de*] d'autant qu'il n'y a rien de l'essence Eternelle, qui
ne soit Eternel, rien de la substance Indiuisible de
Dieu qui ne soit Dieu. Le mesme S. Hilaire encor psal.
2. admirablement, *demutatione non nouus est qui origine ca-
ret:*

reri ipse est qui quod est, non aliunde est, in sese est, secum est, ad se est, suus sibi est, & ipsi sibi omnia est, sibi ipse totus & totum. *Toute commencement, toute fin, tout milieu*] suiuant ce que dit Clement Alexãdrin au Protreptic, que Dieu contient le commencement, le milieu, & la fin de toutes choses, ἀρχὴν ᾧ, τελευτὴν, ᾧ μέσα τῶν ὄντων. *Sans tenir aucun lieu, de toutes choses lieu*] c'est à dire, comprenant en son Infinité (qui consequemmẽt n'a point de lieu) toutes choses qui ont lieu, & desquelles elle est comme le lieu. Si ce n'est que nous disions, auec les Pyrrhoniens ce que dit Laërtius, que le lieu n'est que par supposition pour la demonstration, τόπον μὴ ᾗ δογματικῶς, ἀλλὰ ἀποδεικτικῶς; auquel cas, le lieu ne seroit icy mis, que pour monstrer que l'Eternité embrasse & contient tout en son infinité non circonscripte, *sed superexcedenter*, suiuant ce que dit le Prophete, *Cælum & terram impleo*, pour monstrer que l'Eternité, *magis continet omnia, quàm continetur.* *Par tout estendre*] *vnus & obiquè totus diffusus*, S. Cyprian. *Qu'on imagine bien*] & encor d'imagination grandement imparfaicte; car comment imaginer Dieu, duquel l'estre infiny, non plus que la forme, ne peut estre veu ny compris? & de là les philosophes d'Egypté sçachans bien que Dieu estoit, & ne pouuans s'en rendre capables, ny les peuples, en ont feint des formes ou images, telles qu'ils ont estimé pouuoir estre necessaires à rendre Dieu cognoissable & sensible à l'homme: & d'autant plus qu'ils ont recognu que la forme de Dieu ne se pouuoit voir ny comprendre, ils en ont voulu fabricquer & imaginer mysticquement & par hyeroglyphes, καθιδρύσει τὰ ἀγάλματα ᾧ τέμψη, τῷ μὴ εἰδέναι τὴν τοῦ θεοῦ μορφήν, ce dit Laërtius: mais en effect quelque imaginatió que nous en conçeuions, ne pouuant sortir hors de nostre sens, elle est tousiours foible, & comme dit elegamment

E

Arnobe liure 3. quidquid tacita mentis cogitatione conceperis, in humanum transilit & corrumpitur sensum, nec habet propriæ significationis notam , quod nostris dicitur verbis , atque ad negotia humana compositis. Vnus est hominis intellectus de Dei natura certißimus , si scias & sentias, nihil de illo posse mortali oratione depromi. ❧ *Et qu'on ne peut comprendre*] combien que Dieu se comprenne aucunement par ses œuures, ἀχώρητος, ce dit Aristote au 6. du Monde , ἀλλὰ ἐπ᾽ αὐτῶν τῶν ἔργων θεωρεῖται, mais son Eternité est certes Incomprehensible, d'autant qu'estant infinie , & ny ayant rié au monde & en nostre esprit qui ne soit fini , elle ne peut estre comprise , non plus que la chose muable ne peut mesurer l'immuable , disent les mathematiciens, πρὸς τὰ ἀμετάπτωτα οὐδεὶς κανόσι ἢ μέτροις χρῆται τοῖς μεταπτώ-τοις, Strabon liure 2. outre que l'abysme en est si grand, que l'on s'y perd, ὅσον θέλεις, ce dit Macarius homel. 12. διὰ γνώσεως ἐρευνῆσαι ἢ εἰσελθεῖν , χωρεῖς εἰς βάθος, καὶ οὐδὲν καταλαμβάνεις. Bref ce dit encor S. Hilaire (grand & subtil Euesque de nos Gaules) *Intelligentiam commoue, & totum mente complectere, nihil tenes : totum hoc habet reliquum, reliquum autem hoc semper in toto est , ergo neque totum ei reliquum est, cui reliquum est , neque reliquum est , cui est omne quod totum est: ita religionem intelligentiæ excedit, extra quem nihil est, & cuius est semper , vt semper sit , ad quem eloquendum sermo sileat , & ad inuestigandum sensus hebeat , & ad complecten-dum intelligentia coarctetur.* ❧ *Au grand œil tout voyant*] parce que Dieu Eternel , est tout œil en ce qu'il voit , comme il est tout aureille en ce qu'il oit , *ipse totus oculus* , ce dit Tertullian au liure de la Trinité, *quia totus videt, & totus auris, quia totus audit, & totus manus quia totus operatur; Idem enim quidquid illud est, totus æqualis est, & totus vbique est.* ❧ *Royne du grand Olympe*] comme Platon appelle Dieu βασιλέα, ne luy donnant autre nom, ainsi qu'a remarqué Apulée sur la fin de sa premiere

Apologie, *quia totius rerū naturæ causa est, & ratio & origo initialis.* *Ayant laissé pourrir ma despouille*] estant mort: car la mort n'est rié autre chose qu'vne pourrituré & corruption du corps φϑίσις · ϗ φϑοϱά, & de là le songe mortel de Socrate, songeant qu'vne belle femme, luy disoit par vn vers d'Homere que dans trois iours il iroit en Phtie, c'est à dire qu'il mourroit, par équiuoc-que du propre nom de ceste ville de Thessalie, a l'ef-fect de la Mort, φϑισήνοϱος.   Ciceron au 1. de sa diui-nation.

F I N.

A MONSIEVR RICHELET
sur son Hymne de l'Eternité.

Cet Hymne que tu mets à part
   Dessus l'autel de la Memoire,
   Comme vn chef d'œuure, que la Gloire
   Conçeut en l'esprit de Ronsard;

Releué, sçauant, & plein d'Art,
   Emporte aisément la victoire
   Sur ces rhymeurs, qui se font croire
   De sçauoir, & n'ont que du fard.

Mais pour leur faire honte entiere,
   RICHELET, fourni ta carriere,
   Fay veoir, par ce qui t'est resté

Sur tant de rares poësies,
   Qu'ils combattent, seconds Marsyes,
   Phœbus & son Eternité.

DV IOVR.

Comme en touchant le musc et l'ambre
On se parfume dans la chambre
Bien qu'on ne l'ait pas affecté,
De mesme sans qu'il s'en advise
Icy Richelet s'eternise
En parlant de l'Eternité.

Faradoil.

www.ingramcontent.com/pod-product-compliance
Ingram Content Group UK Ltd.
Pitfield, Milton Keynes, MK11 3LW, UK
UKHW020058100726
13658UKWH00004B/1837